みんなのウワサ!?

も…3ふしぎ!

『…ささったサクラの木』

かぎを左に回すと、テストで百点がとれるらしいが、回せた子はまだいない。

『空中にうかぶ…』

二階《かい》の北かどの教室の外にはドアがあるが、内がわにはない。外に階段《かいだん》があったようすもない。

『にこちゃんふわり』

雨がふりそうな日に、校庭《こうてい》のまんなかで空を見あげると、巨大《きょだい》なにこにこマークがうかんでいる。まばたきすると、もう見えない。

情報《じょうほう》大ぼしゅう！このふしぎについてくわしく知っている人は、沢田《さわだ》まで！

百《モモ》川《ンガ》小学校ミステリー新聞

青いハートの秘《ひ》密《みつ》

谷本雄治 作
やないふみえ 絵

ここは
百川《ももかわ》小学校。
通称《つうしょう》、
「モモンガ
小学校」——。

校長室の
となりの
古い理科室に
いつも
いるのは……。

『モモンガ新聞』の事件記者《じけんきしゃ》だ！
なぞの事件《じけん》をいくつも追《お》いかけ、
スクープ連発《れんぱつ》のスター記者《きしゃ》とは
おいらのことさ！

クマグス
本名、熊田《くまだ》すぐる。
ひらめきと行動力《こうどうりょく》は抜群《ばつぐん》。
取材《しゅざい》はばっちりだが、そそっかしい。
とにかく、生きものが大好《だいす》き。

とはいっても、『モモンガ新聞』の発行《はっこう》部数《ぶすう》は
たったの一部《ぶ》。
校庭《こうてい》の「生きものハウス」の
かべに、かってにはる
かべ新聞なのだ。

かべ新聞だからって、
ばかにしないで！
編集長《へんしゅうちょう》のあたしがいるのよ。
正しい情報《じょうほう》、パワフルな取材《しゅざい》、
みごとなスクープ写真《しゃしん》!!
でもなぜか、生きものの記事《きじ》が
多いのよね……。

ユッカ

本名、沢田《さわだ》ゆりか。超《ちょう》早耳の情報通《じょうほうつう》。
編集長《へんしゅうちょう》としてほかの二人をひっぱる
しっかり者《もの》。強気だが、
ちょっとかわいいところもある。

ムラチュー
本名、村中《むらなか》わたる。『モモンガ新聞』のカメラマン。のんびり、おっとりした性格《せいかく》。図かんや資料《しりょう》をたくさん持《も》っている。

「モモンガ小学校」とよばれるのは、このあたりにむかし、モモンガがすんでいたからなんだって。だけど、この話はあやしいな。モモンガは山の動物《どうぶつ》だから、町の近くならムササビじゃないかなあ？でも、百川《ももかわ》小学校なのに、「ムササビ小学校」じゃあ、ちょっとね……。
理科室
校長室

となりの校長室から、ときどき顔を出すのは……。

きょうもがんばってるかね、記者《きしゃ》しょくん
あ、校長先生！
衣田《きぬた》校長
三人のよき理解者《りかいしゃ》で、やさしい先生。ときどきなぞの発言《はつげん》をする。

古い理科室が使《つか》えるのは、校長先生のおかげなのだ。

そういえば最近《さいきん》また、なぞの事件《じけん》が起《お》きているようだね
すぐ、取材《しゅざい》にでかけるわよ！
よーし、まかせな。スクープはおいらのものだ！

さてさて、今回の事件《じけん》は……。

もくじ

かみつく木

「たいへん、たいへーん！」

ユッカが息《いき》をハアハアさせてかけこんできた。

「カブト森に〝かみつく木〟があらわれたよ！」

おいらとムラチューは、顔を見あわせた。
木がかみつく？　だれかが、木に、
かみついたんじゃないの？
と――。
「あたしを信《しん》じないわけ？　まだ
湯気《ゆげ》が立ってる、チョー新鮮《しんせん》な
情報《じょうほう》だっていうのに！」
ユッカは両手《りょうて》をこしにあて、
頭から角《つの》でも出しそうなかんじでおこりだした。
やべえ。ここは耳をかすしかないな。
「か、かみつく木、だよな……」

ユッカによると、「かみつく木」におそわれたのは一組の太一《たいち》だった。

太一《たいち》は、カブト森に
カブトムシをとりにいった。
見つけた木には、うろがあった。

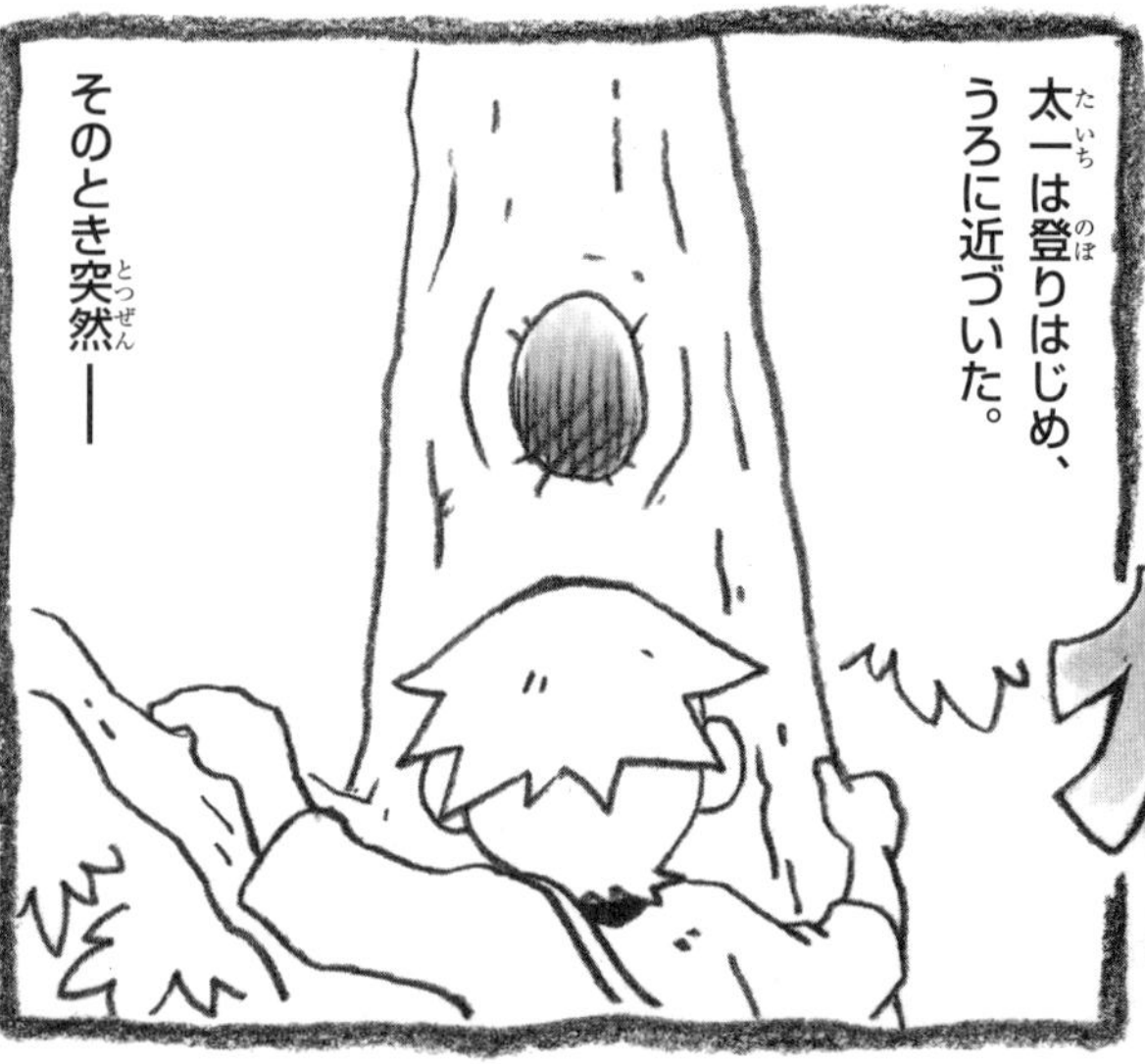
太一《たいち》は登《のぼ》りはじめ、
うろに近づいた。
そのとき突然《とつぜん》——

化《ば》けもののきばがあらわれた！

太一《たいち》はあわてて、
とびおりてにげた。
それ以来《いらい》、
「かみつく木」と
たたかった話として
いいふらしている。

「二十一世紀《せいき》はじまって以来《いらい》の大スクープよ！」
ってことは、おいらのところに、ほんとうの
新聞記者《きしゃ》がきちゃったりして……。
よーし。おいらが必《かなら》ず、
モノにしてやる！

「でもさあ、カブト森って、
そんなに広くないよね。
いままでうわさにも
ならなかったなんて、
おかしくない？」
いつも冷静《れいせい》なムラチューが
首をかしげた。
「そういわれりゃ、
そうだよなあ……」
「えーっ。あたしの情報《じょうほう》が
ガセネタだっていうの!?」

「そうはいってないだろ。まあ、待《ま》ちなよ」
おいらは左右の人さし指《ゆび》を組んで、
おでこにあてた。
こうすると、ふしぎと
知恵《ちえ》がわいてくる。

ピロローン！　ひらめいたり！
そいつはきっと、
何十年も前からカブト森で
ねむっていたんだ。
それが地球《ちきゅう》の温暖化《おんだんか》でめざめて、
きょうふの〝かみつく木〟に
変身《へんしん》した！
どうだ、かんぺきな推理《すいり》だろ!?

「だとしたら、人間以外《いがい》の動物《どうぶつ》も
やられていいんじゃないかなあ。
ほかの生きものがやられたという話は

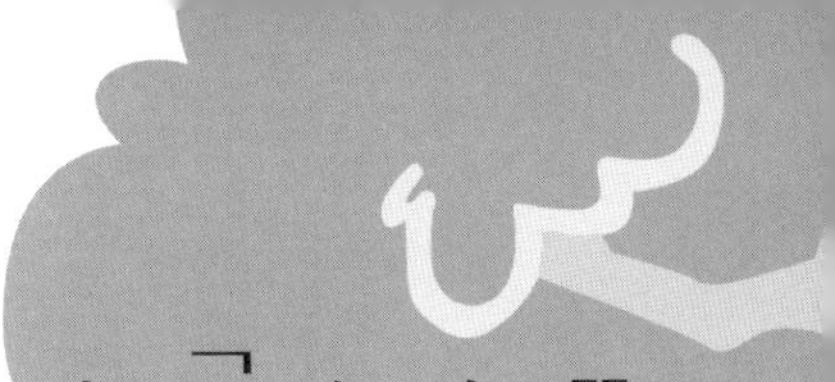

聞かないよ」

ムラチューが分析《ぶんせき》した。

なるほどなあ。うーん、こまったぞ。

「いいかげんにしてよ！　そんなへっぽこ推理《すいり》、聞きたくないわよ。あたしたちは、記者《きしゃ》よ。こんな大スクープにがしたら、はずかしいでしょ。ほら、メモ帳《ちょう》！　ほら、カメラ！　現場《げんば》行くよ！」

ユッカはおいらたちの話を聞きながし、双眼鏡《そうがんきょう》を首にひっかけて走りだした。

カブト森に入って十分。「うろのある木だった」という太一《たいち》
の情報《じょうほう》のおかげで、「かみつく木」はかんたんに見つかった。
どこかで、あまずっぱいにおいがする。
見たところ、ただのクヌギの大木だ。
ツタがからみついている。
いっそのこと、「からみつく木」の
記事《きじ》に変更《へんこう》すっかなあ。

「えー、〝かみつく〟木の正体は、ツタが
〝からみつく〟木のことだった……」
といいながら、まずはちょっとだけ
登《のぼ》って下を見ると、ユッカの足元に、
カイコのまゆみたいなものがころがっていた。
ムラチューが、びっくりするような
大声をあげた。
「ほねだ！　か、かみつく木のぎせい者《しゃ》はまだいたんだ！」
ユッカの体がかたまった。おいらの推理《すいり》どおり……!?
だけどこれ、ほんとに「かみつく木」か？
こずえを見あげた。うろからなにかがにゅっと、とびだした。

「きばだ！　木が、きばをむいた！」
大声でさけぶと、
ユッカとムラチューも
木の上を見た。
おいらはユッカの
双眼鏡《そうがんきょう》をうばいとり、
ピントを合わせた。

先がするどく曲《ま》がっている。
でも、なんだか、どこかおかしいような……。
双眼鏡《そうがんきょう》をユッカに返《かえ》し、考えるポーズをとった。
ムラチューは、さっき見つけたほねを見つめている。
しばらくして――。
「そうかあ！」「ピロローン。ひらめいたりー！」
おいらとムラチューが、ほとんど同時に声をあげた。

ムラチューがいった。

「これ、ペリットっていうんだ。つまり、消化《しょうか》しきれなかったえさの残《ざん》がい。このほねは、カエルかトカゲのものじゃないかなあ」

「だろ。……ってことは」

おいらはもう一度《ど》、双眼鏡《そうがんきょう》をのぞいた。

「あーっ、アオバズクのひなだ。かみつく木って、こいつのくちばしを見まちがえたものだったんだ！」

ムラチューは、カメラのシャッターをおした。
ユッカはまだなっとくしないのか、おいらが返《かえ》した双眼鏡《そうがんきょう》を、むずかしい顔でのぞいている。
「念《ねん》のため、太一《たいち》くんにこのことを話してから記事《きじ》にしようよ。ウラをとるのも記者《きしゃ》の仕事《しごと》だからね。そうよ、そうしなきゃ、いけないのよ！」

ユッカはひとりで、太一《たいち》をたずねて、
太一《たいち》が登《のぼ》ったのはクヌギの木だった
こと、三人でアオバズクのひなを
見たことをつたえたそうだ。
ムラチューがとった写真《しゃしん》も見せた。
すると太一《たいち》は、
「くちばしかあ……はっきり
おぼえていないけど、いわれて
みれば、こんな形だったような
気もするし……うーん」
と答えたらしい。

まあ、いいや。まずは一件落着《いっけんらくちゃく》だな。

おいらたちは、アオバズクのくちばしこそ「かみつく木」の正体だという記事《きじ》をまとめはじめた。完全《かんぜん》に羽根《はね》がのびて巣立《すだ》つまでに、しばらくかかる。それまでにまただれかがかんちがいしないように、『モモンガ新聞』を早く出すつもりだった。

ところが、その次の日――。

「たいへん、たいへん！
第《だい》二のぎせい者《しゃ》が出た！
こんどは二組の洋介《ようすけ》くんよ。
熱《ねつ》まで出してねこんでる！」
ユッカが、うろのない木で起《お》きた
事件《じけん》のネタをしこんできた。
うっそー!?　それはないだろ！

おいらは、えんぴつを回しながらたずねた。

「まちがいないだろうな」

「また、うたがうの？　あたしのたしかな情報《じょうほう》を——」

「え、いや、ううん。だからぼくたち、これからその現場《げんば》に行くんだよね？」

ムラチューが気づかうと、

「決《き》まってるでしょ。カメラ！　メモ帳《ちょう》！　レッツゴー——！」

ったく、ユッカは調子《ちょうし》いいよなあ。

ふたたび、カブト森。
洋介《ようすけ》がかみつかれたという現場《げんば》についた。
大きなカラスザンショウの木が目についた。

そうか。読めたぞ。
「ピロローン！　よく見な。
ものすごいトゲトゲだぜ」
「わかった！　洋介《ようすけ》くん、このトゲを
怪物《かいぶつ》のきばとまちがえたのよ」
「だろ。これなら、まちがいなく、
血《ち》だらけだよな」
ところが、カラスザンショウの写真《しゃしん》
をとったあとで、ムラチューがいった。
「だけどさあ、この木なら、登《のぼ》る前に
気がつかない？」

「そ、そうだな。そうかなとも
思ったんだけどよ、
あまずっぱいにおいが
気になって……」
てれかくしに、カウボーイ
みたいにロープをくるくると
回した。
ロープの輪《わ》が、近くに
あったクヌギの木のえだを
葉《は》っぱごとつかんだ。
えだが、ぐにゃりと曲《ま》がった。

そのとき、なにかを見たような気がした。

「な、なんだ、あれは――?!」

ロープがつかんだ木のえだのむこうの幹《みき》に、
黒くて、するどくとがったものがあった。

なんか、ヤバそう。アオバズクの
くちばしとは、まるっきり形がちがうぞ。

もしかして、もしか……？

「クマグス、動《うご》かないで！　ムラチューは写真《しゃしん》とって！」

ユッカにいわれるまま、おいらは足をふんばった。

そのあいだにユッカは双眼鏡《そうがんきょう》を目にあて、

「あーっ!!」

のどの奥《おく》から声をしぼりだした。

「きばがおそってくる!!」

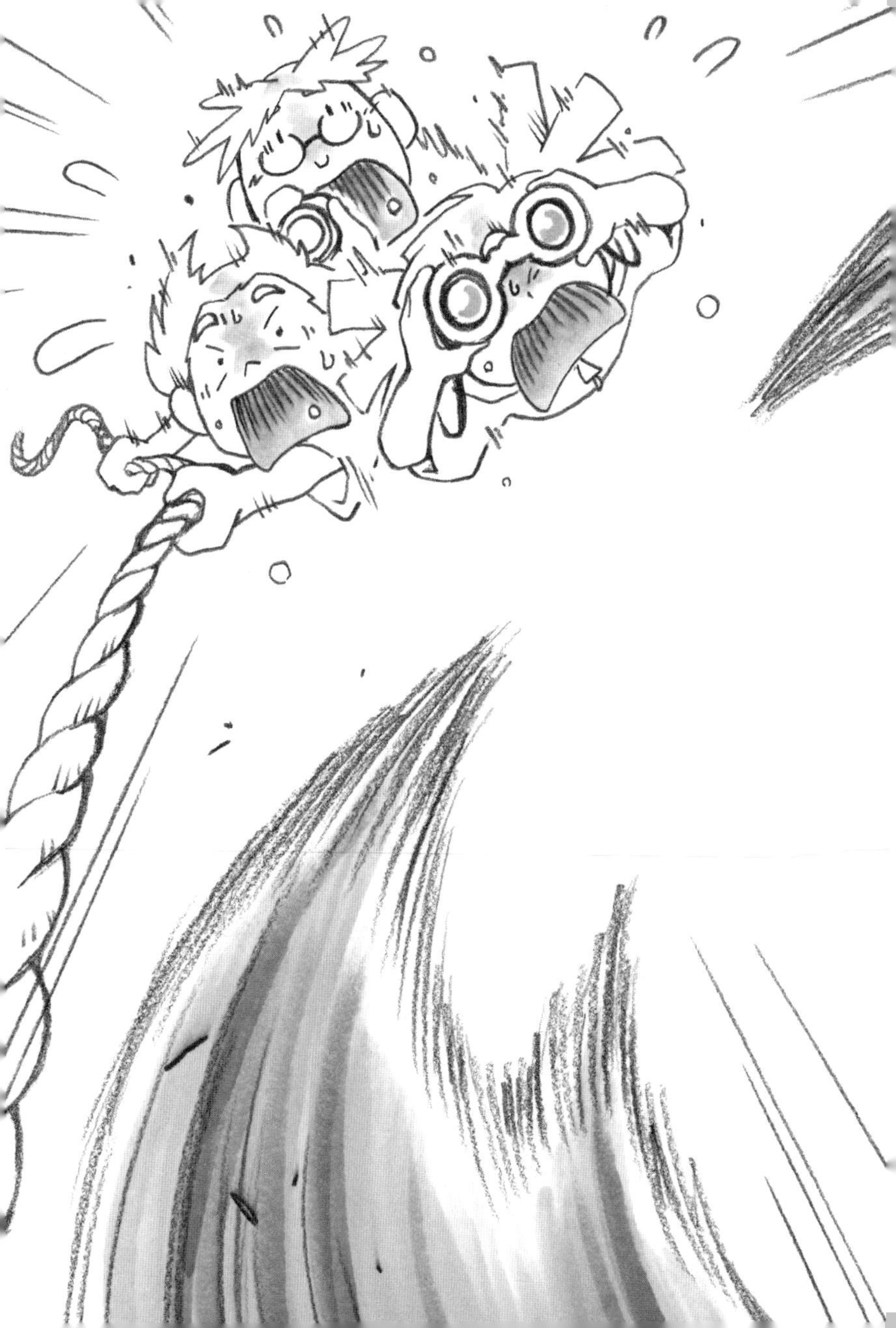

「にげろー!!」
さけぶと同時に、ロープを思いきりひっぱった。
木のえだがポキッと折《お》れ、おいらはドスンとしりもちをついた。
ユッカは、おいらの声を聞くと同時にかけだした。
運動《うんどう》オンチのムラチューでさえ、このときだけは別人《べつじん》のように猛《もう》ダッシュした。
出おくれたおいらは、死《し》にものぐるいで二人を追《お》いかけた。

「ムラチュー、写真《しゃしん》は？」

走りながら、ユッカがたずねる。

「とれた。たぶん」

「もう、だい、じょうぶ、だよ、な」

息《いき》をととのえながら、三人でデジカメの写真《しゃしん》を見た。

全部《ぜんぶ》で三まい。そのうちの一まいはおいらの顔のアップだった。

もう一まいは、木のえだと、どんよりくもった空。

さいごはロープをひっぱるおいらと、そのうしろの風景《ふうけい》だ。

まともなのは一まいもない。

ユッカがキレた。
「それでも、『モモンガ新聞』の
カメラマンって
いえるの！」
今回はまあ、
ユッカのいうとおりだな。
しょんぼりしたムラチューは、
デジカメの画面《がめん》をとじようとした。
そのとき、おいらのうしろに
うつっている木がクヌギだと気がついた。

「たしか、太一《たいち》のときもクヌギだったよなあ」
「そうよ。だけどあれは太一《たいち》くんの見まちがいで、
〝かみつく木〟じゃなかったでしょ」
　そのとおりだ。だけど、ちょっと待《ま》て、ちょっと待《ま》て……。
　おいらは指《ゆび》を組んで、おでこをとんとんとつついた。
　なにか気になるのか、ムラチューもぶつぶつと

つぶやいている。

「二人がおそわれた場所《ばしょ》は
別《べつ》べつで……だから……
ぼくたちはいま、
ふたつ目の現場《げんば》を見てきたところで……」

そのことばを聞きながら、おいらも考えつづけた。

「太一《たいち》がさいしょに話していたきばの形……。それに、太一《たいち》が見たのはやっぱり、アオバズクじゃなかったとしたら……。うーん、〝かみつく木〟が二か所《しょ》にあらわれたってことか？　まるで、木が、歩いたみたいに……？」

そして——。

そうだったのか。
そうだ、そうだ、
ピロローン！　おいら、
ひらめいちゃったー！！

ムラチューとユッカの目がおいらをつかまえた。

「そうなんだ。〝かみつく木〟が歩いたんだよ！」

「歩いた？　……とすると……あ、そうかあ」

ムラチューには、おいらのいう意味《いみ》がわかったようだ。

こうくれば、ユッカじゃないが、
記者《きしゃ》のとる行動《こうどう》は決《き》まっている。

「もどろうぜ、もう一度《ど》、事件《じけん》の現場《げんば》へ！」

おいらのせりふ、カッコよく決《き》まったかな。

ふたたび、写真《しゃしん》の場所《ばしょ》――。
「怪物《かいぶつ》のきばなんて、なんだ。
おいらがぬきとってやるぜ！」
元気いっぱいに宣言《せんげん》し、でこぼこ
したクヌギの幹《みき》に足をかけた。
地面《じめん》からはなれるほど、
あまずっぱいにおいが強くなった。
太いえだに手をかけた。
そのしゅんかん――。

なに者《もの》かの
大きなきばが、ガッと
とびだしてきた。
「かみつかれる！」
木の下にいる
ユッカがさけんだ。
おいらは、そのえだを
思いきりゆらした。
すると――。

ドサッ！
黒い物体《ぶったい》が宙《ちゅう》をとんだ。

「やったぞーー！　かみつく木のきばをぬきとったぞーー！」

おいらは、自分でもはずかしいくらい、おおげさにさけんだ。
ムラチューがすばやく
かけより、おいらが
落《お》としたものに手を
かぶせた。
それからそっと
手を開《ひら》いて、

「マンディブだ!!」

きょとんとしているユッカに、ムラチューが説明《せつめい》した。
「正式名《せいしきめい》は、マンディブラリスフタマタクワガタ。
世界最大級《せかいさいだいきゅう》のクワガタだよ」

おいらも木から下りて、
「こいつが〝かみつく木〟の
正体だったんだ」
ん？　まだわかんない
のかなあ。編集長《へんしゅうちょう》なのに、
ユッカの反応《はんのう》、にぶすぎる。
「えーっ、なに？
……こ、これ、が、
そうなの？」

ムラチューが、ニコニコ顔で
この事件《じけん》を分析《ぶんせき》した。
「いま思うと、ヒントは
いくつもあったんだよね。
被害《ひがい》にあった二人は、
別《べつ》べつの場所《ばしょ》で
〝かみつく木〟に出あった。
そして、ぼくたちが
その現場《げんば》に行くと、
あまずっぱいにおいがした――」
「あ、そうかあ。そうよね。

木が歩くわけないし、
クヌギの出すあまずっぱいにおいと
いえば……樹液《じゅえき》だわ！」
「樹液《じゅえき》に集《あつ》まるのはカブトや
クワガタで、きばがあるとしたら
クワガタだよね。くやしいなあ。
落《お》ちついて考えれば、もっと早く
わかったのに……」
ここまでゆっくり解説《かいせつ》することは、
おいらにはできない。さすが、
のんびり屋《や》のムラチューだ。

「それにしても、ふしぎと
いえば、ふしぎだよなあ」
おいらがつぶやくと、
ユッカがとつぜん、なにかを
思いだしたようにいった。
「ひょっとしてこれ、どこかの
ペット屋《や》さんからにげだした
ものかもしれないね。
さっそく、取材《しゅざい》してみる。
とにかく情報《じょうほう》は多いほうが
いいんだから！」

どうぞどうぞ、ご自由《じゆう》に。

おいらは止めないよ。

「あれっ？　〝かみつく木〟じゃないとしたら、洋介《ようすけ》くんの熱《ねつ》はなに？　もしかして、毒《どく》があるとか……」

「毒《どく》クワガタなんて、聞いたことがないよ」

ムラチューが断言《だんげん》した。

「そんならとにかく、洋介《ようすけ》んち、行ってみっか」

「そうよ、記者《きしゃ》はいつだって現場第一《げんばだいいち》よ」

はいはい、そのとおり、そのとおり。

洋介《ようすけ》はベッドにこしかけて、
うどんをすすっていた。
「熱《ねつ》、下がったの？」
ユッカが心配《しんぱい》そうに聞くと、
「まあな。ねびえだったみたい。
それより、そのすんごい
クワガタ、どうしたんだ？」
洋介《ようすけ》はすばやく、
マンディブに目をやった。
「そうかあ。悪《わる》いなあ、
おみまいまでもらって」

そういいながら、
手をさしだした。
「うりょ？　こいつは
おいらが苦労《くろう》して
とったんだぞ」
「あれっ？　ずるいよ、
クマグス」
「いいじゃんか。
毒《どく》クワガタじゃなかったんだし……」
「権利《けんり》があるのは、先にヒントを見つけたぼくのほうだよ」
ムラチューといいあらそっていると――。

マンディブがおいらの指《ゆび》をはさんだ。

「いてっ！　いてててて……」

思わず、ブルブルと手をふった。

マンディブがふっとび、洋介《ようすけ》が受《う》けとめた。

「キャッチ！　やっぱり、みまいにもらっとくよ」

「ずるい！」「ゆるせねえ！」
おいらとムラチューは、
それぞれのせりふを同時にさけんだ。

マンディブラリス
フタマタクワガタ

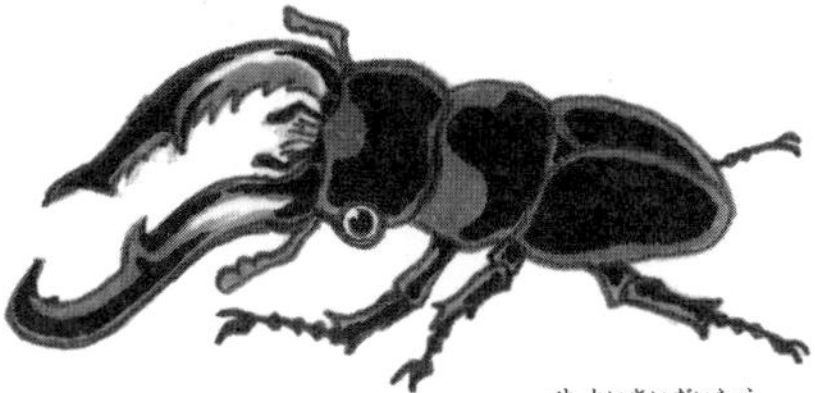

・ボルネオやスマトラにいる世界最大級《せかいさいだいきゅう》のクワガタ（体長11センチになるのもいる！）。

・「マンディブラリス」は、ラテン語《ご》で「大きなあご」のことらしい。

・気が荒《あら》く、メスを殺《ころ》すこともある。

・飼育《しいく》できるが、大きくそだてるのはむずかしい。

「ペットショップももかわ」に聞いたら、マンディブが2ひきにげていた。そのうちの1ぴきがきっと、あいつだ

青いハートの秘密《ひみつ》

「モモンガ新聞」の最新号《さいしんごう》で、ふしぎなものを紹介《しょうかい》した。

モモンガ新聞
スクープ!!
なぞの物体《ぶったい》
ほんとうはなに!?
たまご?いん石?
じょうほう
ぼしゅう中!
沢田まで。
生活いいんより

赤ちゃんのにぎりこぶしぐらいで、白っぽい。

コンクリートのかたまりにも見えるが、手で持《も》つと軽石《かるいし》みたい。

　これを海水浴場《かいすいよくじょう》で見つけた二年三組の川岸《かわぎし》かよちゃんは「海をあらうせっけんだと思う」と話すが、「恐竜《きょうりゅう》の卵《たまご》だ」「いん石のかけらだよ」という子もいて、

「これまでで、いちばん話題《わだい》になったね」
ユッカは満足《まんぞく》そうだが、
おいらもムラチューもなぞが
とけなくて、落《お》ちつかない。
それはいまも、図書室《としょしつ》の
カウンターの上にある。
――と思っていたら、
事件《じけん》はしずかに起《お》きていた。

「たいへーん！　なぞの物体《ぶったい》が
ぬすまれたよ！」

「まさかぁ……」
おいらとムラチューがおどろくと、
「けさ、図書室《としょしつ》が開《ひら》いたときには、
もうなかったそうよ」
あんなに話題《わだい》になったものが
ぬすまれたら、これもまた大ニュースだ。
「学校じゅう、大さわぎなのに、
情報《じょうほう》のアンテナが低《ひく》すぎるよ。それでも
『モモンガ新聞』の記者《きしゃ》なの！」
ユッカのけんまくにおされて、
おいらたちは大あわてで図書室《としょしつ》にむかった。

なぞの物体《ぶったい》があったところには、新しい「なぞ」があった。
すみで画用紙《がようし》に書いた手紙だ。
おとなのようにうまい文字で、こうあった。

すみのちょうがもりもり食べる森のふち
青いハートをぼろぼろにして
地面《じめん》の下では竜《りゅう》がまなこをしずかに開《ひら》く

このなぞがとけたら、
おまけをつけて、返《かえ》してやる。
——怪人《かいじん》ゴキカムリ

「なんだこれ？」

おいらはユッカとムラチューの顔を見た。

二人とも、わからないという表情《ひょうじょう》だ。

図書室《としょしつ》では早くも、なぞときがはじまっていた。

6年生男子
〝すみのちょう〟は
黒いチョウのことさ。
クロアゲハを
さがせばいいんだ！

5年生女子
青いハートって
ステキよね。
それも森に
あるのかなあ

4年生のグループ
竜《りゅう》のまなこってさ、ゲームのアイテムみたいなものじゃない？

しばらくすると、おいらたちだけになった。

「おもしろい記事《きじ》になりそうだな」

おいらの記者《きしゃ》の虫がもぞもぞと動《うご》きだした。

「〝怪人《かいじん》ゴキカムリ〟という名前からして、興味《きょうみ》をひくね」

「なぞの怪人《かいじん》がだれかということも、いいネタになるわよ。

……あれっ、これなんだろ？」

ユッカが、カウンターの下で
葉《は》っぱを見つけた。

ヤマノイモみたいな形で、
まだ新しい。

「犯人《はんにん》が落《お》としたんだ！」

「だけど、校庭《こうてい》でヤマノイモを見たことはないわ」

たしかに、ユッカのいうとおりだ。

「とにかく、手紙とこの葉《は》っぱの写真《しゃしん》はとっておくよ」

ムラチューのデジカメがピッと鳴った。

「どうかしたのかな?」
衣田《きぬた》校長がいつのまにか、すぐうしろに立っていた。
おいらが事情《じじょう》を説明《せつめい》すると、
「ふーむ。かくし場所《ばしょ》のヒントかもしれないねえ。
この葉《は》っぱは関係《かんけい》ないと思うが、わたしがあずかっておこう。
しっかり、なぞときしなさいよ、たんていしょくん!」

そういうと、
しょうこ品《ひん》を手にして、
校長室に入っていった。
「校長先生、ヘンね。
いつもは
記者《きしゃ》しょくん、って
いうのに、
たんていしょくんだ
なんて……」
ユッカが、
ふしぎそうにいった。

編集部《へんしゅうぶ》にもどると、三人でまずは〝すみのちょう〟について考えた。

「だれかがいってた、クロアゲハというのはどうかしら?」

「たしかに、それっぽいよな」

「それに、〝もりもり食べる〟というから、成虫《せいちゅう》ではないよね」

「問題《もんだい》は、なにを食べるチョウかということだな。黒いチョウのえさになる植物《しょくぶつ》が生えている森になぞの物体《ぶったい》はある、というのが

おいらの推理《すいり》だ」
黒、チョウ、
えさになる植物《しょくぶつ》……。
おいらは指《ゆび》を組み、
おでこにあてて、ヒントになる
ことばを思いうかべた。
　出てこい、出てこい……
答えよ出てこい。
「あ、そうかあ。ピロローン。
　ひらめいたりーー!」
おいら、なんてカンがいいんだろう。

「ムラチュー、さっきの葉《は》っぱの写真《しゃしん》、見せてくれよ」

「うん」

ムラチューは手なれたかんじでデジカメを操作《そうさ》し、画像《がぞう》をうつしだした。

「やっぱり、やっぱりだな」

「なによ、クマグス。もったいぶらないで教えなさいよ」

へへ。そう、あわてるなよな、ユッカ編集長《へんしゅうちょう》。

「あーっ、これはだなーー」

「ヤマノイモじゃない。

ウマノスズクサという植物《しょくぶつ》だ」

「ウマのすず？　草？　何よ、それ」

「そうか、ジャコウアゲハの食草《しょくそう》だ！」

ムラチューがさけんだ。

「そのとおり。ってことは……」

「〝すみのちょう〟は、ジャコウアゲハのことだね」
ふふん。なんだか、いい気分だぞ。
「それって、手紙のすみにあった黒いチョウの絵のことかしら?」
ムラチューがあわてて、手紙のデジカメ画像《がぞう》をさがした。
「ほんとだ。はねの先が長い!
これ、犯人《はんにん》のメッセージだったんだ。
クマグスのいうとおり、
ジャコウアゲハの幼虫《ようちゅう》が
食べる草のあるところという
ヒントだったんだよ」

「ウマノスズクサならたぶん、カブト森にあるよ」

ムラチューがいうと、ユッカが問《と》いつめた。

「どうしてわかるの？　そんな草、どこにでも生えてそうじゃない」

よーし、おいらの出番だ。

おいらは、自信《じしん》たっぷりにいった。

「しおれぐあいさ。あの葉《は》っぱはあまり、しおれてなかった。ということは、学校の近くで、

ウマノスズクサの
生えていそうなところ、
つまりカブト森というわけさ」
どうだ、この推理《すいり》。こんどばかりは、
ユッカもおいらを見なおしただろうな。
「それなら、〝青いハート〟はどういう意味《いみ》？
青いハトのまちがいなの？」
うっ。そ、そうか。そこまではまだ、
考えていなかった。まいったなあ。
「それはこうじゃないかなあ」
おっ、ムラチュー。たのむぞ。

むかしの人が
「あお」とよんだのは、
「みどり」だった。

たとえばアオバトは
みどり色をしたハトだし、
アオジという鳥も
黄色にみどり色が
まじった鳥だ。

モンシロチョウの
幼虫《ようちゅう》である「青虫」も
みどり色。

信号《しんごう》の色だって
青とよぶが、
ほとんどは
みどり色。

「じゃあ、〝青いハート〟も
みどり色、ってことよね。
だけど、〝みどりのハート〟でも、
何のことかわからないわ」
「えへん」
ここでおいらは、大きな
せきばらいをした。
まかせなさい、おいらに。
「それはずばり、ウマノ
スズクサの葉《は》っぱのことさ。
ハート型《がた》をしているからな」

「ぼくもそう思う」
ムラチュー、いいぞ。
ナイスタイミング。
「だったら、その
ウマノスズクサが
ぼろぼろになるって
ことは……」
「ジャコウアゲハの幼虫《ようちゅう》が
食べつくしたということだ!」
おいらとムラチューは、
同時に気がついた。

ユッカは、えんぴつでつくえをトントンとたたきながら、

「わかんないのは、竜《りゅう》のまなこよね。なんで、とつぜん出てくるわけ？」

待《ま》てよ、待《ま》て待《ま》て。おいらは指《ゆび》を組み、考えるポーズをとった。

よーし、きたぞ。

「ほいきた、ピロローン！　わかっちゃったー。地面《じめん》の下で、竜《りゅう》が宝物《たからもの》をまもっているということさ！」

「まだわからないところもあるけど、記者《きしゃ》は行動《こうどう》あるのみ、だよね」

自分のせりふをムラチューにうばわれたユッカは、だまってうなずいた。

「よーし、いざ、カブト森へ——」

おいらは、竜《りゅう》を退治《たいじ》する中世《ちゅうせい》の騎士《きし》になりきって宣言《せんげん》した。

カブト森は、歩くと土けむりが立つようなかわいた土地だ。

「〝ウマノスズクサはしめった場所《ばしょ》に生える〟と書いてあるよ」

ムラチューがミニ図かんを見ながらいうと、

「とにかく、さがすのよ。記者《きしゃ》は足でかせぐ！」

はいはい。さがせばいいんでしょ、さがせば。

ウマノスズクサ、ウマノスズクサ……と、となえながら
さがすと、それらしい葉《は》っぱがヤマノイモの近くにあった。

コナラの木にからみついている。

土が黒い。このあたりだけ、水分が多いようだ。
「虫くいあともいっぱいだ。この下、ほってみっか。
竜《りゅう》が横《よこ》たわっているかもしれないしな」

土をほると、すぐに、
コツンという手ごたえがあった。
「かたい！　竜《りゅう》のほねみたいだ！」
ユッカが、ズズッと下がった。
へへ。ユッカのやつ、
あれでもやっぱり、
女の子なんだな。
　おいらは
気分よく、
少しずつ土を
よけていった。

　するとこんどは、やわらかいものにふれた。

ん？　竜《りゅう》の目？　……まさか、そんなことないよな。

　さすがにきんちょうして、手の動《うご》きをとめた。

　えーい、ついでだから、大声をあげてやるか。

「わーっ！」

　ユッカとムラチューは、一メートルほどとびのいた。

白いものに、少しだけみどり色がまじった物体《ぶったい》が出てきた。

「目じゃないわ！　それ、芽《め》じゃないの？」

ユッカのいうとおりだ。なんだか、予想《よそう》とちがう。よし、それなら……。

「まだ、なんかある！　と、とがったかんじ……こ、これ、竜《りゅう》のつめじゃないか」

また、ちょっとおどかすつもりでいった。

ところが――。

「すがたが見えたら、ムラチューは写真《しゃしん》！　クマグスはそのままほって！」

ありゃりゃ。さっきまでおびえていたユッカとは別人《べつじん》のようだ。

おいらはあきらめて、そいつを土ごとほりあげた。

とがっていたのは、折《お》りたたんだ紙のかどだった。

「なにか書いてない？」

ユッカはどうして、こうもせっかちなんだ。だまって見てりゃいいのに。

紙を開《ひら》くと、きれいな文字がならんでいた。

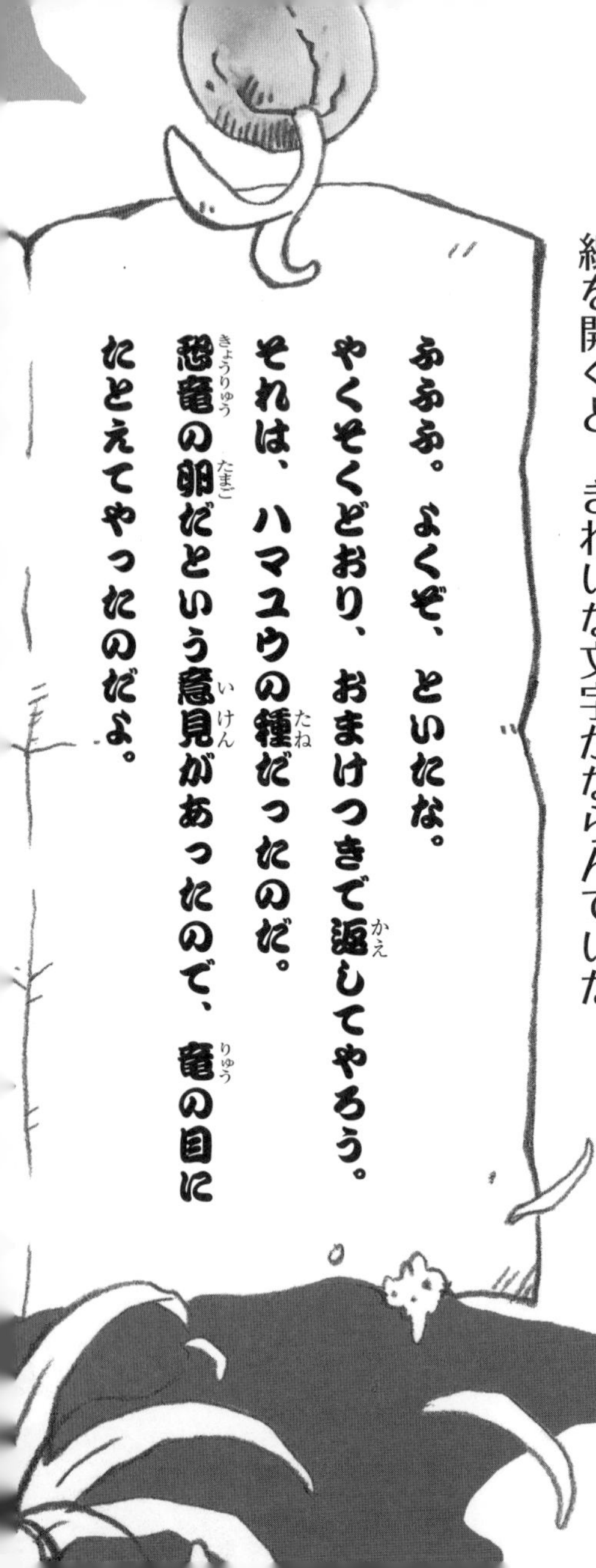
ふふふ。よくぞ、といたな。
やくそくどおり、おまけつきで返《かえ》してやろう。
それは、ハマユウの種《たね》だったのだ。
恐竜《きょうりゅう》の卵《たまご》だという意見《いけん》があったので、竜《りゅう》の目にたとえてやったのだよ。

たのしめたかな、諸君《しょくん》。
また、会おうぞ。
——怪人《かいじん》ゴキカムリ

「うめたのは、ゴキカムリだったのね！」

いかにも腹《はら》だたしいというふうに、ユッカがいった。

「おまけって、
〝なぞの物体《ぶったい》〟が
ハマユウの種《たね》だと
教えてくれたことかよ」
「思いだした！
ハマユウの種《たね》は、
土がなくても
芽《め》を出すんだ。
だけど、水分の
あるほうが早いから、
ウマノスズクサが

生えるようなしめった場所《ばしょ》をえらんでうめたんだね」
「だけど、土にうめたからといって、すぐに芽《め》を出すかしら？」
「図書室《としょしつ》に置《お》いたままでも、発芽《はつが》したころかもしれない。
きっと、タイミングがよかったんだよ」
「いやいや、ゴキカムリのやつ、おいらたちが見つけるのは
何日も先のことだとみくびっていたのかもしれないぜ」
「でも、あたしたちの〝目〟を〝芽《め》〟のほうにむけてくれたんだ。
あんがい、いいやつかもね。……うん。これもネタになる！」
それにしても、ゴキカムリという名前。いつかどこかで聞い
たような気がするなあ。
指《ゆび》を組んで考えようとした、そのときだった。

一ぴきのモリチャバネゴキブリがはいだしてきた。
ユッカがいちはやく見つけて、
「キャーッ！　ゴキブリ！」
「そうか、ひらめいたぞ！
ピロローンだ！」
ゴキカムリは、別名《べつめい》「ゴキカブリ」。どちらも、ゴキブリの古いよび名だ。
ユッカはおいらのうしろにまわり、少しふるえている。

お、かわいいとこ、あるじゃん。
「それにしても……怪人《かいじん》ゴキカムリって、
いったいだれだ。いつか、
正体をあばいてやるぞー！」
カブト森に、おいらの声がひびいた。

ハマユウ

・ヒガンバナ科の植物《しょくぶつ》で、ハマオモトともいう。
・ふつうは、あたたかい地方《ちほう》の海岸《かいがん》に生えている。
・白くてきれいな花が咲《さ》くので、庭《にわ》に植《う》える人もいる。
・花はいい香《かお》りを出し、スズメガがやってきて花粉《かふん》を運《はこ》んでいく。

芽《め》が出たハマユウは、学校の花だんに植《う》えた
卒業《そつぎょう》までに咲《さ》くと、うれしいな

チョーふしぎなマジック

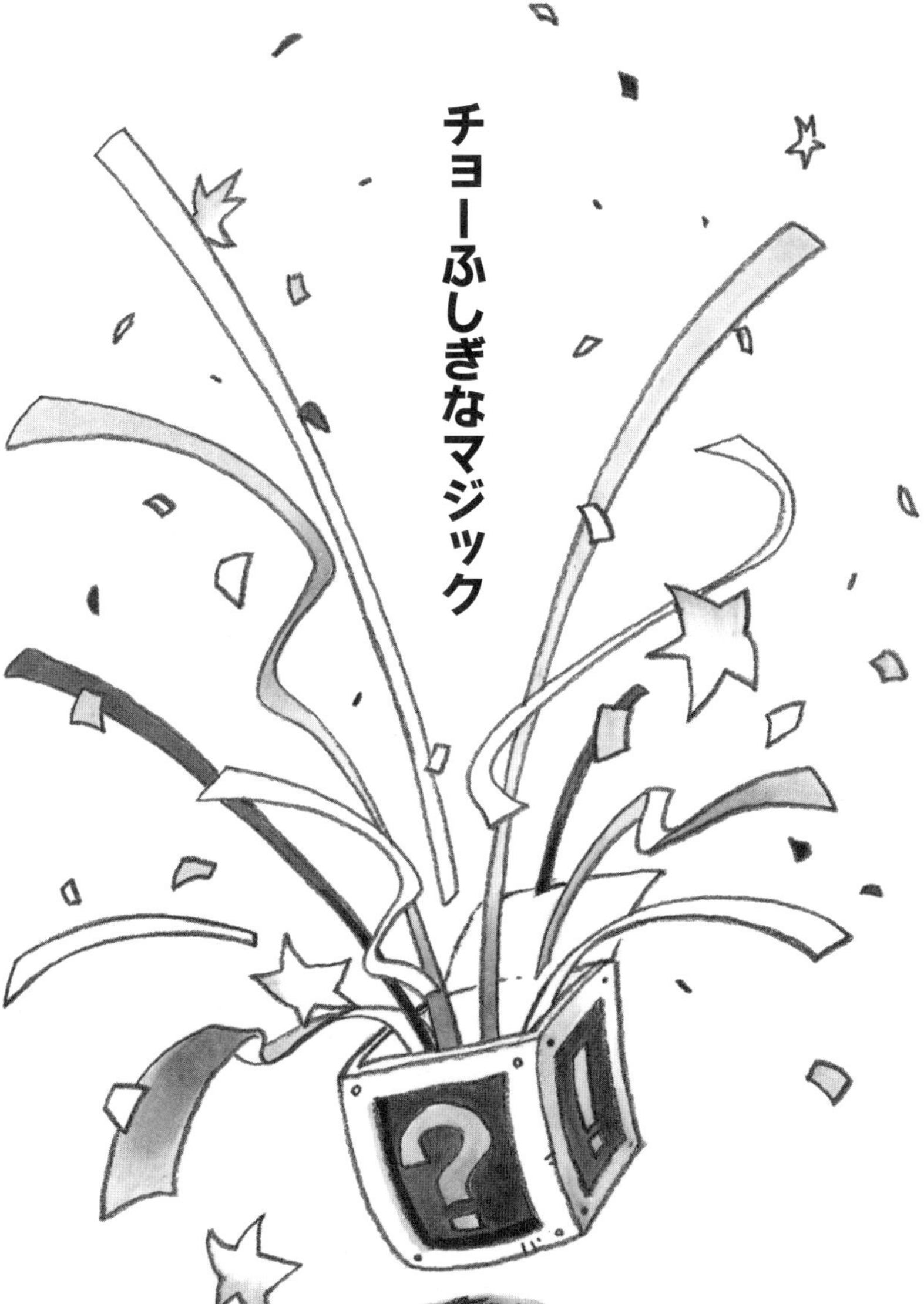

「たいへん、たいへーん！」

昼休みだった。

ユッカがいつものとおり、
編集部《へんしゅうぶ》にかけこんできた。

「こんどは、どんな事件《じけん》だ？」

おいらは、ぶっきらぼうにたずねた。

「校門の前で人が死《し》んでる！」

なに？　ほんとの大事件《だいじけん》だ！

あわててかけつけると、男の人がたおれていた。

「つついてみるか」
おいらは、近くにあった木の折《お》れえだで、
つんつんと、こづいた。

「う、うーん……」
「わあー!」
集《あつ》まっていた子どもたちは、
クモの子をちらすように、
にげていった。

死人《しにん》がうめき声を
あげたのだから、当然《とうぜん》だ。
どうしよ、ちょっとこわいなあ。
だけど、ここでがんばらないと取材《しゅざい》なんてできないよな。
「だいじょうぶか」
というつもりで近づいた。
しかし、そのせりふを実際《じっさい》に口にしたのは、ユッカだった。
おいらより一秒《びょう》ほど早かった。
そのとき――。

「食べるもの、ない？」
思ってもみないせりふがとびだした。
学校だぜ。食べるものなんて、
持《も》ってるわけがないだろ。
――と思ったら、
「これ、どうぞ」
ムラチューが、パンを
さしだした。
愛犬《あいけん》のおみやげにしようと
ポケットに入れていた、
給食《きゅうしょく》の残《のこ》りだった。

「ありがたい！」
男の人は体を起《お》こし、
かばんをこしかけにして
パンにがっついた。
「おじさん、死《し》んで
なかったのね」
大事件《だいじけん》のネタが
消《き》えたせいか、ユッカが
つまらなさそうにつぶやいた。
「失礼《しつれい》だなあ、おじさんだなんて。
おれ、まだ三十五歳《さい》だよ」

その人は〝ポポー鳩田《はとだ》〟という、
売《う》れないマジシャンだった。
仕事《しごと》がなくて、この二日《ふつか》間《かん》、
水しかのんでいないという。

「ハトが買えたら、ステージに上がれるのになあ」

鳩田《はとだ》さんは、さびしそうにわらった。

「どれくらい、必要《ひつよう》なんですか?」

ユッカがたずねる。

「十羽《じっぱ》ぐらい。だけど、お金はないし……マジックやめて、
べつの仕事《しごと》さがすかなあ」

そういいながら、洋服《ようふく》の内ポケットをさぐった。

「先輩《せんぱい》のハトをかりて、宣伝用《せんでんよう》にとった写真《しゃしん》だよ」

おいらの頭に「!」がついた。

「ピロローン。ひらめいたぞ!」

「それって、ハトでないと
だめかい？　たとえば……
スズメとか」
「いいかもなあ。でもハトより
安《やす》いといっても、お金は
かかるよなあ……」
「とるのよ、自分で。米つぶを
まいておいて、かごで
パタン……とかやって」
ユッカが口をはさんだ。するとムラチューが、
「でもそれ、法律《ほうりつ》で禁止《きんし》されていますよ。許可《きょか》がないと、

スズメはとれないんです」

わざわざ、親切に教えた。

「ほんとかい？」

スズメとりが禁止《きんし》されているると知ると、鳩田《はとだ》さんは地面《じめん》に顔をうずめるようにしていった。

「やっぱり、もうだめだあ」

なんて、あきらめが早いんだ。

これでよく、タネのしこみに手間のかかるマジックをやってこられたよなあ。

おいらはほかの方法《ほうほう》を考えようと、指《ゆび》を組んだ。

それからおでこにくっつけて、考えて、考えて、考えた。

すると、きたきた――。

「ピロローン！　ひらめいちゃったよ！」

おいらの頭の中では、無数《むすう》のチョウが舞《ま》っていた。マジシャンの帽子《ぼうし》の中から、どんどん、どんどん、とびだしてくる。

「ハトもスズメもやめて、チョウをとばせばいいんだ！」

「チョウ……って、チョウチョのことかい？」

鳩田《はとだ》さんがたずねると、

「それ、いいよ、クマグス！」

ムラチューがおいらの案《あん》を支持《しじ》してくれた。

「ふーん、チョウねえ……。

あ、チョウか、なーんちゃってね」

れれっ、意外《いがい》。ユッカってあんがい、オヤジ系《けい》かもしれないな。

鳩田《はとだ》さんは、両手《りょうて》で頭をかかえたままだ。

「このクマグス記者《きしゃ》にしては、めずらしくいい案《あん》だと思うんだけど……」

ふん、ユッカ。ほめるのか、けなすのか、どちらかにしてくれよ。

と思っていると、鳩田《はとだ》さんは顔をくもらせて、

「おれ、子どものころから、虫とりが下手《へた》なんだ。そんなにたくさん、つかまえられないよ」

おいらたちは、顔を見合わせた。

「チョウなら、おいらたちがチョータツすっから、だいじょうぶ。これで問題解決《もんだいかいけつ》なりー！」

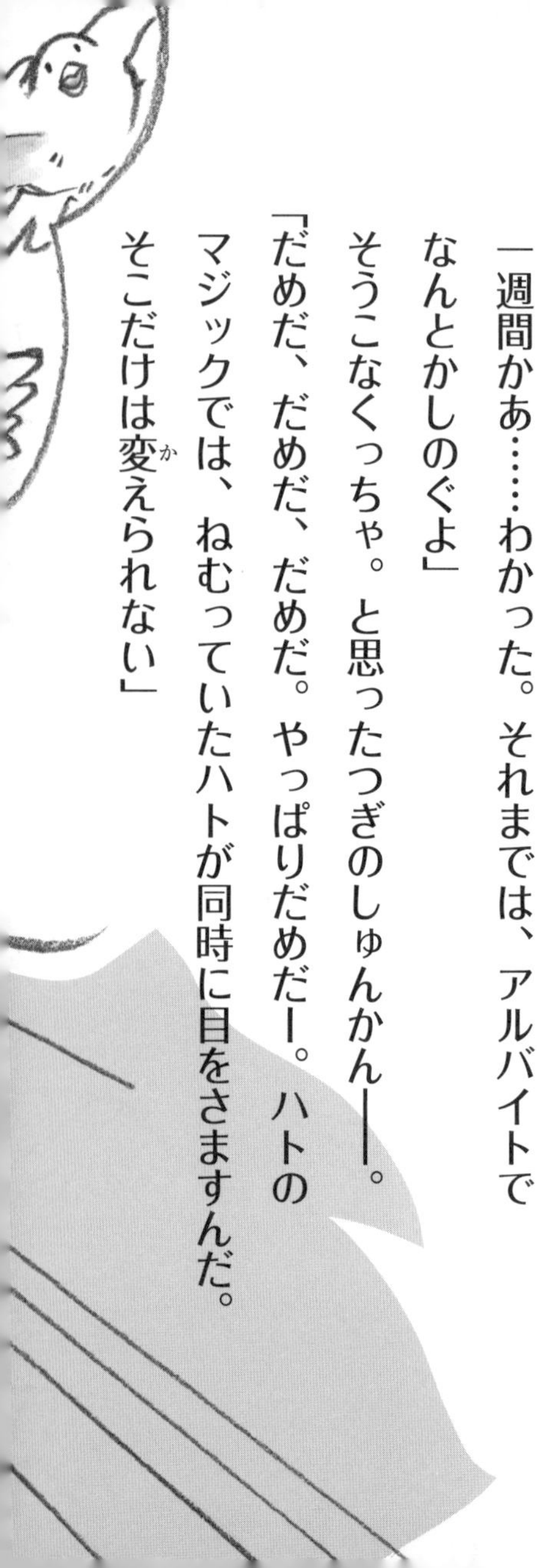

「ほんとうかい？」

「だけど、一週間だけ時間がほしいな」

おいらがいうと、鳩田《はとだ》さんはなやみながら、

「そうかあ……。じつは十日後《とおかご》にマジック大会があってね、入賞《にゅうしょう》したらレギュラーの仕事《しごと》がもらえるんだ。……うーん、一週間かあ……わかった。それまでは、アルバイトでなんとかしのぐよ」

そうこなくっちゃ。と思ったつぎのしゅんかん――。

「だめだ、だめだ、だめだ。やっぱりだめだー。ハトのマジックでは、ねむっていたハトが同時に目をさますんだ。そこだけは変《か》えられない」

「そんなの無理《むり》よ。無理《むり》、無理《むり》……」

深《ふか》く考《かんが》えないユッカがすぐ、声に出した。

たしかに、チョウをねむらせたまま何《なん》びきも用意《ようい》するだけでもかなりの難問《なんもん》だ。しかも、いっせいにめざめさせるなんて……。

「うーん」

おいらは指《ゆび》を組み、いつもの考え中のポーズをとった。

ん？　待《ま》てよ。ねむっているって、動《うご》かないことだよな。

「なあ、さなぎなら、チョウがねむっているということにならないか？」

おいらがいうと、ユッカがきっぱりいった。

「だとしても、同時にチョウになるなんて、やっぱり無理《むり》」

ムラチューがぼそっといった。

「羽《う》化《か》が近いさなぎなら、わかるんだけどね」

おいらの頭のスイッチが入った。

「ピ、ロ、ローン。
ひらめいたりー！」
「いい考え、思いついたの？」
「鳩田《はとだ》さん。
もう、だいじょうぶだって。
一週間後に会おうよ」

「そうかい。……じゃあ、よろしくたのむよ。これから、バイトをさがしにいくから」
鳩田《はとだ》さんはこしをあげ、とろとろと歩きだした。ときどき、うしろをふりかえりながら……。

日曜日――。
おいらたちは、学校のうらのキャベツ畑《ばたけ》にいた。
葉《は》っぱに、虫くいあとがいっぱいある。
顔を近づけると、モンシロチョウの卵《たまご》や幼虫《ようちゅう》、
さなぎがたくさん見つかった。

「これくらいのさなぎが、もう
すぐ羽化《うか》するんだよね」
「おう。はねがすけて
見えるからな」
「だったら、
これもいいわね」
はねの黒いもようが
見えているさなぎだけ、
何びきも集《あつ》めた。
「おーし、編集部《へんしゅうぶ》に
もどって、つぎの準備《じゅんび》だ」

「はじめようぜ」
家から持《も》ってきたわりばしに、モンシロチョウのさなぎを
ひとつずつ、接着剤《せっちゃくざい》ではりつけていった。
羽化《うか》するとき、チョウが
つかまる場所《ばしょ》になる。

「ちょっと、とりすぎたんじゃないかなあ」
ムラチューのいうとおり、百個《こ》はゆうにある。

「ま、いいんじゃない。キャベツ畑《ばたけ》ではとりあえず害虫《がいちゅう》なんだし」

ユッカはすずしい顔をしている。

こういうところは、平気《へいき》で割《わ》りきるんだよな。

「できたものは、この発泡《はっぽう》スチロールにさしこめばいいんだね」

「うまくいったら、こんどのトップ記事《きじ》にするわよ」

うっ。これ、おいらのアイデアだぜ。

なんか、手柄《てがら》を横《よこ》どりしようとしてないか？

やくそくの日がきた。
二人で、マジック大会《たいかい》の会場《かいじょう》をたずねた。

鳩田《はとだ》さんはステージ衣裳《いしょう》に着《き》がえ、
帽子《ぼうし》とステッキを手にしていた。
あの写真《しゃしん》のとおり、りっぱなマジシャンに見える。
「きみたち、だいじょうぶだろうね。ほんとうに、だいじょうぶだよね？　……で、アレはどこ？」

まわりを気にしながら、
鳩田《はとだ》さんが小声でたずねた。
「ここです」
ムラチューが大きな
紙ぶくろをさしだし、
その中をのぞかせた。
「電球《でんきゅう》はなるべく、
さなぎの近くにしてよ」
不安《ふあん》そうな鳩田《はとだ》さんに、
おいらは小声で注意《ちゅうい》した。

いよいよ、はじまりだ。
全部《ぜんぶ》で二十人のマジシャンがとくいのネタを見せている。
おいらたちは、関係者《かんけいしゃ》ということで、舞台《ぶたい》のわきから
見せてもらった。

鳩田《はとだ》さんの番だ。
「だいじょうぶかしら……」
ユッカがめずらしく、
ひとの心配《しんぱい》をしている。
――と思ったら、
「あの子たち、ちゃんと
羽化《うか》できるかしら」
なんだよ。気になるのは、
モンシロチョウのほうだった。
ま、ユッカらしいけど。

「……それではいまから、
ここにあるさなぎから、チョウを
いっせいにめざめさせまーす！」
運命《うんめい》のときがきた。
「よくごらんいただけるように、
あかりを近づけます。
タネもしかけも
ない、
はだか電球《でんきゅう》です」
鳩田《はとだ》さんは意外《いがい》に
落《お》ちついている。

「さあ、いよいよクライマックス。ポポー鳩田《はとだ》の〝チョー・マジック〟とくとごらんあれ！」
舞台《ぶたい》と客席《きゃくせき》に、きんちょうの時間がながれた。
しばらくして――。

「おおーっ!」
客席《きゃくせき》から、大きなどよめきの
声が上がった。
さなぎのせなかが割《わ》れ、
モンシロチョウがするすると
出てきて、わりばしを登《のぼ》っていく。
羽化《うか》するしゅんかんを
見るだけでもめずらしいのに、
あっちでもこっちでも、
生まれたてのモンシロチョウが
木登《のぼ》り競争《きょうそう》をしているのだ。

モンシロチョウはぐんぐん、はねをのばし、
しばらくして、いっせいにとびたった。

パチパチパチ……。

拍手《はくしゅ》が鳴りやまない。手を打《う》つ音が、会場内にひびいた。

ポポー鳩田《はとだ》のマジックは大成功《だいせいこう》だ。

「やったー！」

ユッカもよろこんでいる。

「よかった。これでトップ記事《きじ》が無事《ぶじ》に書けるわ」

なんだ、そっちかよ。編集長《へんしゅうちょう》らしいけど――。

「ありがとう。きみたちのおかげでレギュラーになれたよ」

大会がおわり、鳩田《はとだ》さんがはじめて笑顔《えがお》を見せた。

「それでさ、たのみがあるんだ。どうやったらチョウがいっせいに羽化《うか》するのか、教えてもらえないかな。もちろんお礼《れい》はするよ」

賞金《しょうきん》をもらったせいで、鳩田《はとだ》さんは気前がよくなっている。

どうすっかなあ。ネタをばらしていいのかなあ。

おいらたちはちょっと相談《そうだん》して、すぐに答えを出した。まあ、問題《もんだい》はないだろう。

代表《だいひょう》しておいらがいった。

「じつは――」

「集《あつ》めたさなぎを何日か、冷蔵庫《れいぞうこ》に
入れるだけ。おしまいっ！」

あまりにもかんたん
すぎたせいか、鳩田《はとだ》さんは
いっそうおどろいて、

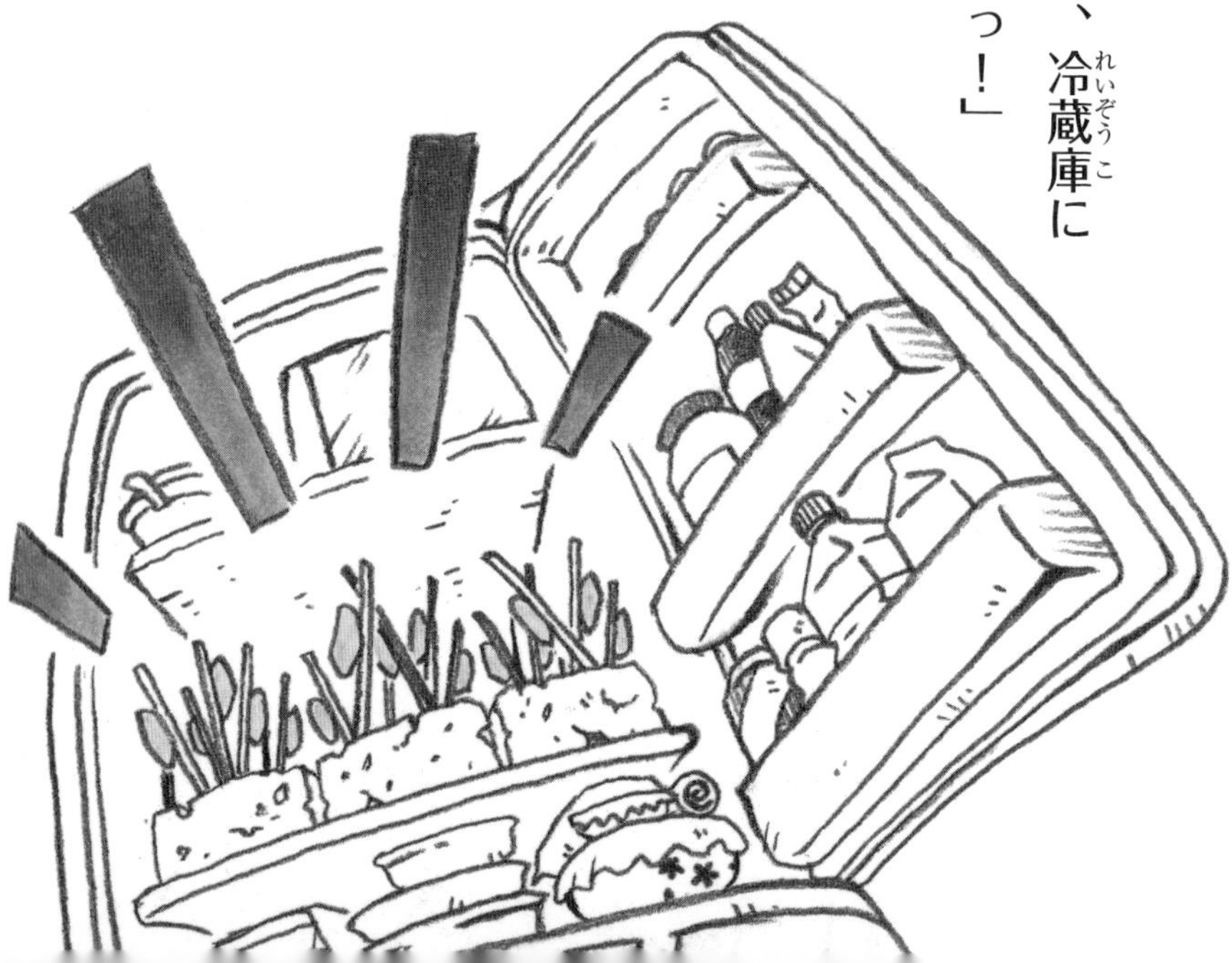

「それだけ？　くすりとかなにか、
特別《とくべつ》なものを使《つか》うんじゃないの？」
「もうひとことつけ加えると、
いまにも羽化《うか》しそうなさなぎを
集《あつ》めるのがポイントかなあ」
おいらの説明《せつめい》のあとで、ムラチューが
少しおぎなった。
「冷蔵庫《れいぞうこ》に入れるのは、羽化《うか》を一時的《いちじてき》に
止めるためです。ところが電球《でんきゅう》を
近づけるとあたたかくなるので、温度《おんど》を
感《かん》じたチョウが、さなぎからぬけだすのです」

「なるほどなあ。まさに、タネのないマジックだなあ」
鳩田《はとだ》さんは、しきりに感心《かんしん》した。
「トリックはわかった。
だから、もう一回だけ
協力《きょうりょく》してもらえないかな。
ね、ねねね、たのむよー」
鳩田《はとだ》さんって、
おいらたちより、
子どもみたいだ。
ユッカがきっぱりといった。
母親のように——。

「だめです。賞金《しょうきん》で
ハトを買《か》ってください！」
鳩田《はとだ》さんはハッとした
表情《ひょうじょう》になり、
「そうだ。わすれかけていたよ。
おれって、ハトを売《う》りものに
する〃ポポー鳩田《はとだ》〃だもんな」
てれかくしに、
頭をポリポリとかいた。
そうだよ。イメージくずすと、まずいよなあ。
そのとき、会場の人がさけびながら、こちらに走ってきた。

「チョウの大群《たいぐん》が
とびまわってまーす！
どうにかしてくださーい！」
さすがに、そこまでは
つきあっていられない。

「鳩田《はとだ》さんのマジックで、
なんとかしてもらってよ。
お、おいらたちはこれから、
記事《きじ》を書かなきゃならないんで……。
じゃあ、さよならーー！」
このときとばかりに、
取材《しゅざい》できたえた早足を
見せつけた。
それー、
チョー快速《かいそく》で
ダッシュだ！

モンシロチョウ

・はねに紋《もん》（黒いはん点）がある白いチョウ。それなのに「紋《もん》が白い」チョウみたいな名前がついている。
・スジグロシロチョウというよく似《に》たチョウがいるが、えさにする植物《しょくぶつ》がちがう（イヌガラシを食べる）。
・さなぎは、手に持《も》つとピクピク動《うご》く。これもタネのない手品《てじな》みたいでおもしろい。

モンシロチョウは
あたたかいところでは、
年に７回も
羽化《うか》するんだよな

号外《ごうがい》!!
クマグス記者《きしゃ》
妖怪《ようかい》・カマイタチと対決《たいけつ》!!
クマグス
いじめっ
げきたい
こらー!! ちゃんと取材《しゅざい》して書いたの!?
これからちゃんと調《しら》べるって!
次の巻《かん》をお楽しみにね

【作者】谷本雄治（たにもと　ゆうじ）

1953年、愛知県に生まれる。

記者として活躍する一方、“プチ生物研究家”として野山をかけめぐる。

ヘンなむしとのつきあい、多数。

著書に『谷本記者のむしむし通信』（あかね書房）、『ユウくんはむし探偵』シリーズ（文溪堂）、『いもり、イモリを飼う』（アリス館）、『蛾ってゆかいな昆虫だ!』（くもん出版）、『カブトエビの寒い夏』（農山漁村文化協会）などがある。

【画家】やないふみえ

1983年、福島県に生まれる。

文星芸術大学油画コース・大学院修了。

美術館で非常勤学芸員の仕事をしながら作品を描き続け、個展などで発表している。

美術館では、子ども向けパンフレットの挿画や、イメージキャラクターの「ジンジャくん」のデザインも手がける。

児童書の挿画はこの作品が初めて。

【装丁】 VOLARE inc.

百川《モモンガ》小学校ミステリー新聞・1

青いハートの秘密《ひみつ》

【発　行】2009年9月　初版
　　　　　2013年4月　第2刷

【作　者】谷本雄治

【画　家】やないふみえ

【発行者】岡本雅晴

【発行所】株式会社あかね書房

〒101-0065　東京都千代田区西神田3-2-1
電話　03-3263-0641（営業）　03-3263-0644（編集）
http://www.akaneshobo.co.jp

【印刷所】錦明印刷株式会社

【製本所】株式会社ブックアート

NDC913　145p　18cm
ISBN 978-4-251-04501-0

百川《モモンガ》小学校ミステリー新聞シリーズ

谷本雄治・作　やないふみえ・絵

1. 青いハートの秘密《ひみつ》

森の木がきばをむいた……!?
なぞの事件《じけん》を追《お》いかける、
“モモンガ新聞”3人組!
あっとおどろく真犯人《しんはんにん》とは……!?
3話入っておもしろさ3倍《ばい》!

2. 天使《てんし》の恋占《こいうらな》い

如月《きさらぎ》リョウの恋占《こいうらな》いで、
空から天使《てんし》の羽根《はね》がふり、
両思《りょうおも》いになれる!?
“モモンガ新聞”記者《きしゃ》3人は、
占《うらな》いのなぞにいどむ!

3. なぞのチョコレート事件《じけん》

先生《せんせい》にプレゼントするチョコがあらされた!
うたがわれたユッカのために
“モモンガ新聞”が調査《ちょうさ》を開始《かいし》。
なぞのエビフライ発見《はっけん》でひらめいた……!?
いっしょに犯人《はんにん》を見つけよう!

モモンが新聞特別版《とくべつばん》

知ってる!? モモンが小学校

百川《ももかわ》小学校は今年でなんと、創立《そうりつ》八十周《しゅう》年!

その前は「六字名《むじな》」という名前のおしょうさんの、お寺だったらしい。そのおしょうさんはムジナ、つまりタヌキだったという伝説《でんせつ》もある。

校舎《こうしゃ》がいまの形になったのは、戦争《せんそう》で焼《や》けたからだ。そこで、「めざせ大空 とびだせ未来《みらい》へ」という校歌をヒントに、モモンガの形にした。

そのおかげで学校にくるのがたのしいし、よそからくる人にはいい目印《めじるし》になっている。

衣田《きぬた》校長先生にとつげきインタビュー!

―先生のしゅみはなんですか?

むかしから好《す》きなのは、パズルだね。このごろは自分でも問題《もんだい》をつくっているよ。だれか、といてくれないかね。

―ペットを飼《か》っていますか?

もう2年間もアマガエルを飼《か》っているよ。よくなれていてね、ハエをやるとよろこんでパクッと食《た》べる。ケロ太くんという名前なんだ。

―先生になっていなかったら、どんな仕事《しごと》をしていましたか?

うーん、おそば屋さんかな。むかしから、たぬきそばが大好《だいす》きなんだ。ご先祖《せんぞ》さまがタヌキだからかなあ……。うはは、これはじょうだんだよ。